DER SCHATTEN

Fotografien von Maria Reichenauer
begleiten das Märchen von
Hans Christian Andersen

Der Schatten

Fotografien von Maria Reichenauer
begleiten das Märchen
DER SCHATTEN
von Hans Christian Andersen

edition grafiseria

Bibliografische Information der Deutschen Nationalbibliothek
Die Deutsche Bibliothek verzeichnet diese Publikation in der
Deutschen Nationalbibliografie; detaillierte bibliografische Angaben
sind im Internet unter http://dnb.ddb.de abrufbar.

Herausgegeben und gestaltet von
Maria Reichenauer, Schwabmünchen, Tegelbergstraße 10
www.grafiseria.eu, E-Mail: reichenauer@grafiseria.eu

Herstellung und Verlag:
BoD – Books on Demand, Norderstedt

ISBN 978-3-74606-907-4

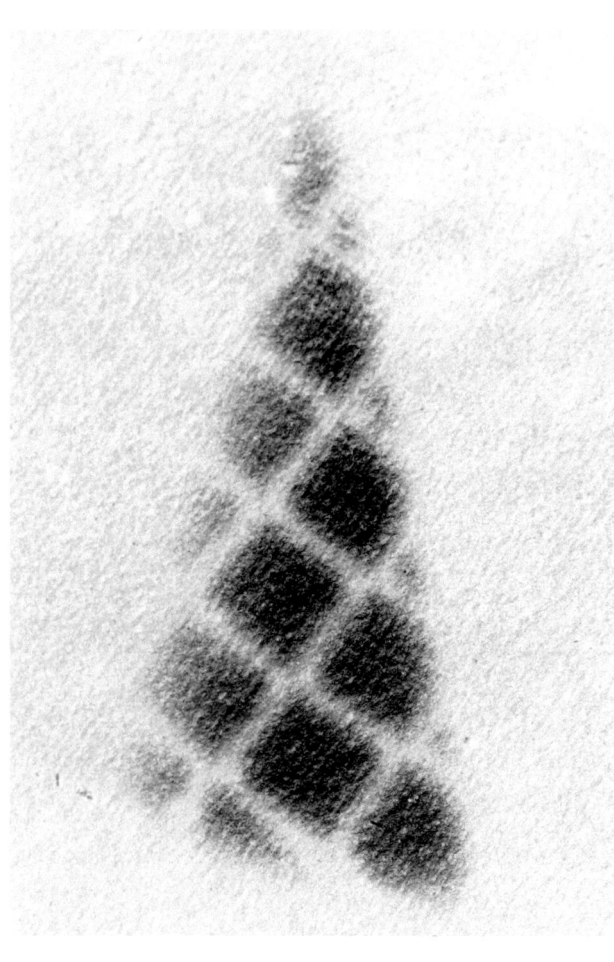

Faszinierend flüchtig
und doch nie wirklich frei.
Ein zarter Hauch, ein Trugbild,
ein wildes Tier aus dem Nichts.

Geschichten der Dunkelheit.
Gefangen im Licht.
Botschaften, die nur sieht,
wer beide zu sich nimmt.

Stets fort vom Licht
ist des Schatten Ziel.
Doch nie zu weit.
Denn nur zusammen
leben sie.

Maria Reichenauer

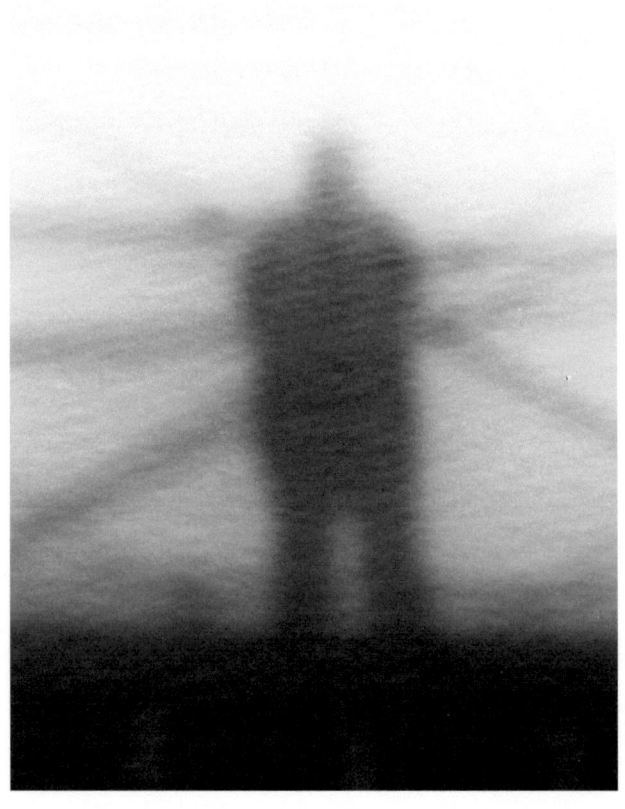

Schatten sind wahrhaft flüchtige Gesellen. Nicht immer entwickeln sie so viel Eigenleben wie in dem spannenden Märchen von Hans Christian Andersen. Und doch scheint so mancher Schatten eine eigene Existenz zu führen. Während der eine ein Bild vervollständigt, Kreise schließt oder Bewegungen mitgeht, erscheint manchmal ein Bild an der Wand, das keinen Ursprung zu haben scheint. Als Fotograf muss man sich beeilen, will man die kurzlebigen Kameraden einfangen. Schon im nächsten Augenblick verlieren die Bilder an Intensität oder lösen sich ganz auf.

Als ich Hans Christian Andersens Märchen zum erstenmal las, war mir sofort klar, dass dieser Text meine fotografischen Gedanken so vollkommen widerspiegelt, dass ich über kurz oder lang an diesem wundervollen dänischen Schriftsteller nicht vorbeikommen würde. Mit diesem Büchlein erfülle ich mir den Wunsch, meine Bilder neben seinen mitreißenden Text zu stellen.

Maria Reichenauer, Januar 2018

Vorhang auf!

In den heißen Ländern – da kann die Sonne aber brennen! Die Leute werden ganz mahagonibraun, ja, in den allerheißesten Ländern werden sie sogar ganz schwarz; aber das ist nur in heißen Ländern so, in die ein gelehrter Mann aus den kalten Ländern gekommen war.

Zuerst glaubte er, sich dort wie zu Hause bewegen zu können, doch das musste er sich bald abgewöhnen. Auch er, wie alle vernünftigen Leute, mußte drinnen bleiben, die Fensterläden und Türen blieben den ganzen Tag geschlossen; es sah aus, als schliefe das ganze Haus oder als sei niemand daheim. Die schmale Straße mit den hohen Häusern, wo er wohnte, war außerdem so gebaut, daß die Sonne vom Morgen bis zum Abend darauf lag; es war wirklich nicht auszuhalten!

Der gelehrte Mann, der jung und klug war, meinte, er säße in einem glühenden Ofen. Das zehrte an ihm, er wurde ganz mager. Selbst sein Schatten kroch zusammen und er wurde viel kleiner als zu Hause. Auch an ihm zehrte die Sonne. Erst am Abend, wenn die Sonne untergegangen war, lebten sie auf. Es war ein wahres Vergnügen, das mit anzusehen. Sobald das Licht in der Stube gebracht wurde, streckte der Schatten sich die ganze Wand hinauf, ja sogar noch über die Decke, so dehnte er sich, um wieder zu Kräften zu kommen. Der Gelehrte ging auf den Altan hinaus, um sich zu strecken, und sobald die Sterne in der herrlich klaren Luft hervorkamen, durchströmte ihn neues Leben. Auf allen Altanen entlang der Straße, und in den warmen Ländern hat jedes Fenster einen Altan, traten Leute heraus, denn Luft muß man haben, selbst wenn man daran gewöhnt ist, mahagonifarben zu sein!

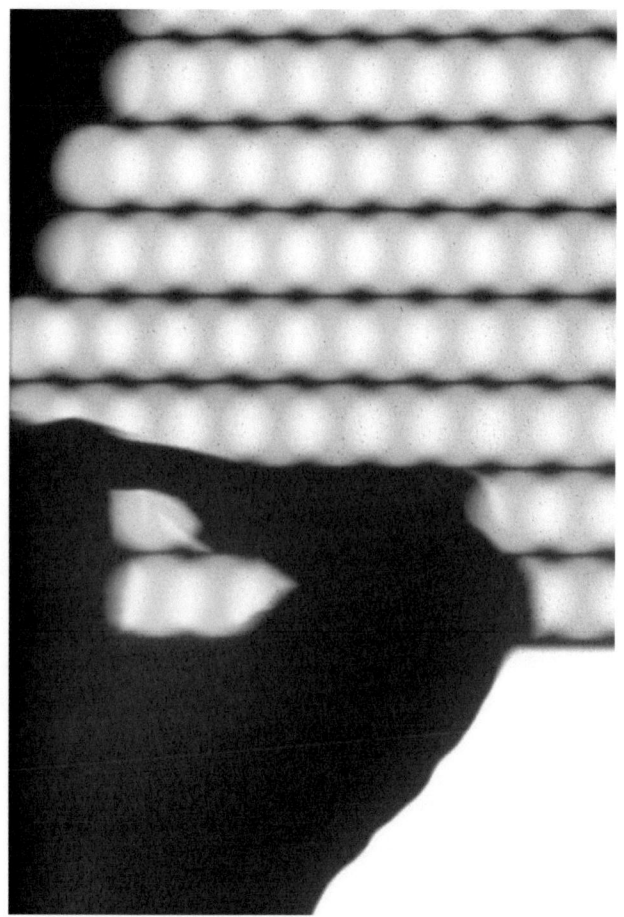

Nun wurde es lebendig oben und unten. Schuhmacher und Schneider, alles Volk zog auf die Straße. Tische und Stühle kamen hinaus, und das Licht brannte. Ja, über tausend Lichter brannten, und der eine redete und der andere sang, und die Leute spazierten umher, die Wagen fuhren, Eselchen trabten: klingelingeling! Denn sie hatten Glöckchen umhängen. Dort wurde eine Leiche mit Psalmgesang zu Grabe getragen, die Straßenjungen lärmten mit Zauberknarren, und die Kirchenglocken läuteten; ja, das war jetzt ein Leben unten auf der Straße!

Nur in einem Haus, das dem des gelehrten Mannes direkt gegenüber lag, blieb es ganz still. Und doch mußte dort jemand wohnen, denn es standen Blumen auf dem Altan, die trotz der Sonnenhitze so wunderbar wuchsen, und das hätten sie nicht gekonnt, wären sie nicht begossen worden. Irgend

jemand mußte sie also versorgen. Es mußten also Menschen dort sein. Auch stand die Tür zum Altan dort drüben offen, doch drinnen war es ganz dunkel, jedenfalls im vordersten Zimmer; von innen her ertönte Musik.

Dem fremden, gelehrten Mann erschien sie ganz unvergleichlich schön, aber es konnte auch gut möglich sein, daß er sich das einbildete; denn hier draußen in den warmen Ländern fand er alle Dinge unvegleichlich schön, wenn nur die Sonne nicht gewesen wäre. Der Hauswirt des Fremden erklärte, er wüßte nicht, wer das gegenüberliegende Haus gemietet habe, man sah ja niemanden, und was die Musik anging, meinte er, so sei sie schauerlich langweilig.

»Es ist gerade so, als säße einer und übte ein Stück, mit dem er nicht zu Rande käme, immer das gleiche Stück. ›Ich kriege es doch noch zustande!‹ sagt

er wohl, aber er kriegt es nicht hin, so lange er auch spielt!«

Eines Nachts erwachte der Fremde, er schlief bei offener Altantür. Die Gardine blähte sich im Wind, und es schien ihm, als käme ein eigenartiger Glanz vom jenseitigen Altan. Alle Blumen schimmerten wie Flammen in den herrlichsten Farben, und mitten zwischen den Blumen stand eine schlanke, schöne Frau, und es war, als ob auch sie leuchtete. Es schnitt ihm in die Augen, er hatte sie auch gar zu weit aufgerissen und kam gerade aus dem Schlaf.

Mit einem Sprung war er auf dem Boden, schlich leise hinter die Gardine – doch die Frau war fort, der Glanz war fort, und die Blumen schimmerten gar nicht, sondern standen so gut wie immer.

Die Türe war angelehnt, und aus der Tiefe klang Musik, so weich und wunderschön, daß einem die

süßesten Gedanken dabei kommen konnten. Das war doch geradezu ein Zauberspuk, wer mochte dort nur wohnen? Wo war der eigentliche Eingang? Im ganzen Erdgeschoß lag Laden an Laden, die Hausbewohner konnten doch unmöglich dort immer durchlaufen!

Eines Abends saß der Fremde draußen auf seinem Altan, hinter ihm in der Stube brannte Licht, und so war es ganz natürlich, daß sein Schatten auf die gegenüberliegende Wand fiel.

Ja, er saß sogar gerade auf dem Altan zwischen den Blumen, und wenn der Fremde sich bewegte, bewegte sich der Schatten auch, denn das tut er ja nun einmal. »Ich glaube, mein Schatten ist das einzige Lebewesen, das dort drüben zu sehen ist,« sagte der gelehrte Mann. »Sieh einer an, wie nett er zwischen den Blumen sitzt. Die Tür ist nur leicht an-

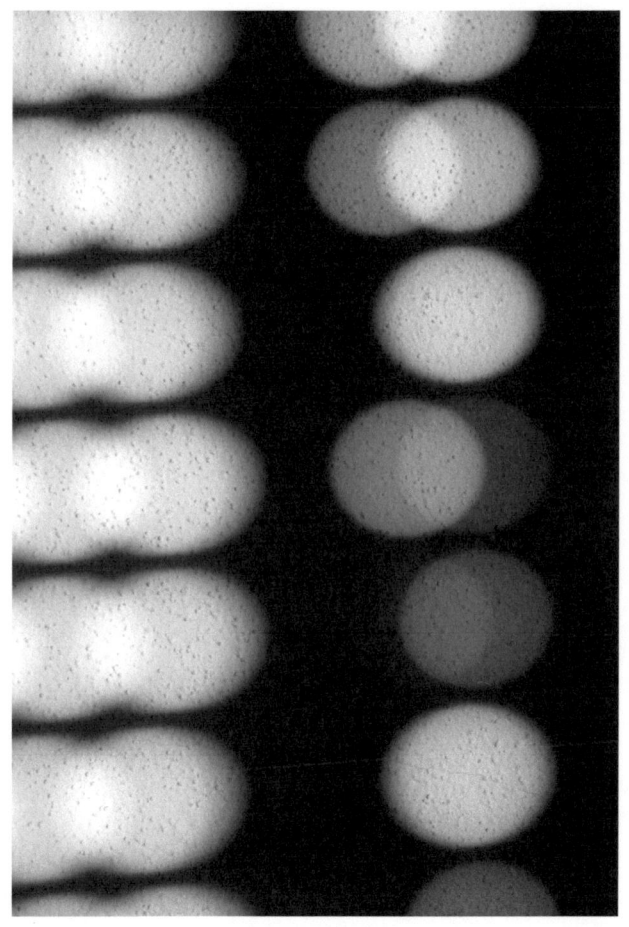

gelehnt, nun sollte der Schatten einmal so schlau sein und hineingehen, sich umsehen und dann müßte er zu mir zurückkommen und erzählen, was er gesehen hat! »Ja, den Spaß solltest Du machen!« sagte er im Scherz. »Sei so nett und gehe hinein! Na, gehst Du?« Und er nickte dem Schatten zu, und der Schatten nickte zurück.

»Ja, geh nur, aber bleibe nicht fort!« Und der Fremde erhob sich und sein Schatten auf dem gegenüberliegenden Altan erhob sich auch; der Fremde wandte sich um und der Schatten drehte sich auch. Ja, hätte jemand genau aufgepaßt, so hätte er deutlich sehen können, daß der Schatten durch die halboffene Tür gegenüber ging, gerade als der Fremde in seiner Stube verschwand und den langen Vorhang hinter sich fallen ließ.

Am nächsten Morgen ging der gelehrte Mann aus, um Kaffee zu trinken und die Zeitungen zu lesen. »Was ist das?« fragte er, als er in den Sonnenschein hinaustrat, »ich habe ja gar keinen Schatten! Sollte er wirklich gestern abend nicht zurückgekommen sein? Das wäre ja eine sehr dumme Geschichte!« Und es ärgerte ihn, weniger, daß der Schatten fort war, sondern weil er wußte, daß es eine Geschichte von einem Mann ohne Schatten gab, die daheim in den kalten Ländern jeder kannte. Käme nun der gelehrte Mann zurück und erzählte sein Erlebnis, dann würde man sagen, dass er dem Mann ohne Schatten gleiche, und das hatte er wahrlich nicht nötig. Er nahm sich also vor, gar nicht darüber zu sprechen, und das war vernünftig gedacht.

Am Abend trat er wieder auf seinen Altan hinaus, das Licht hatte er ganz richtig hinter sich gesetzt, denn er wußte, daß ein Schatten stets seinen Herrn

als Schirm haben wollte, aber er konnte ihn nicht hervorlocken. Er machte sich klein, er machte sich groß, aber kein Schatten erschien, er kam nicht. Er sagte: »Hm, hm!«, aber auch das half nichts.

Ärgerlich war das. Aber in den warmen Ländern wachsen alle Dinge so geschwind. Und nach einem Verlauf von acht Tagen merkte der Fremde zu seiner großen Freude, daß ihm ein neuer Schatten aus den Beinen wuchs, wenn er in die Sonne trat. Die Wurzel mußte wohl sitzen geblieben sein. Nach drei Wochen hatte er einen ganz leidlichen Schatten, der, als er sich heimwärts nach den nördlichen Ländern begab, auf der Reise mehr und mehr wuchs, bis er zuletzt so lang und groß war, daß die Hälfte auch genügt hätte. So kam der gelehrte Mann nach Hause, und er schrieb Bücher über alles Wahre, Schöne und Gute in der Welt, und es vergingen Tage und Jahre. Viele Jahre ...

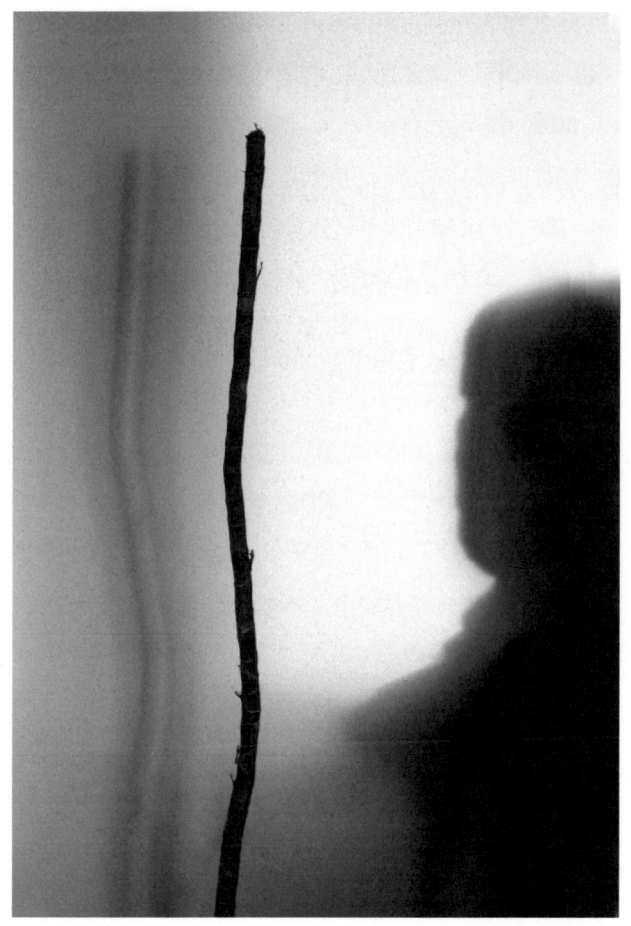

Da sitzt er eines Abends in seinem Zimmer, und jemand klopft ganz leise an die Tür. »Herein« sagte er, aber es kam niemand. Da öffnet er selbst. Vor ihm steht ein merkwürdig magerer Mensch, daß es ihm ganz wunderlich zumute wurde. Eigentlich war der Mensch recht fein gekleidet; es mußte ein vornehmer Mann sein. »Mit wem habe ich die Ehre?« fragte der Gelehrte.

»Ja, ich dachte mir schon,« antwortete der feine Mann, »daß Sie mich nicht erkennen würden. Ich bin so sehr zum Körper geworden, habe ordentlich Fleisch angesetzt und mir Kleider zugelegt. Sie haben wohl niemals gedacht, mich in solchem Wohlstand wiederzusehen! Kennen Sie Ihren alten Schatten nicht? Sie haben sicher nicht geglaubt, daß ich irgendwann wiederkommen würde. Mir ist es überaus gut ergangen, seit ich zuletzt bei Ihnen war, ich bin in jeder Hinsicht sehr vermögend ge-

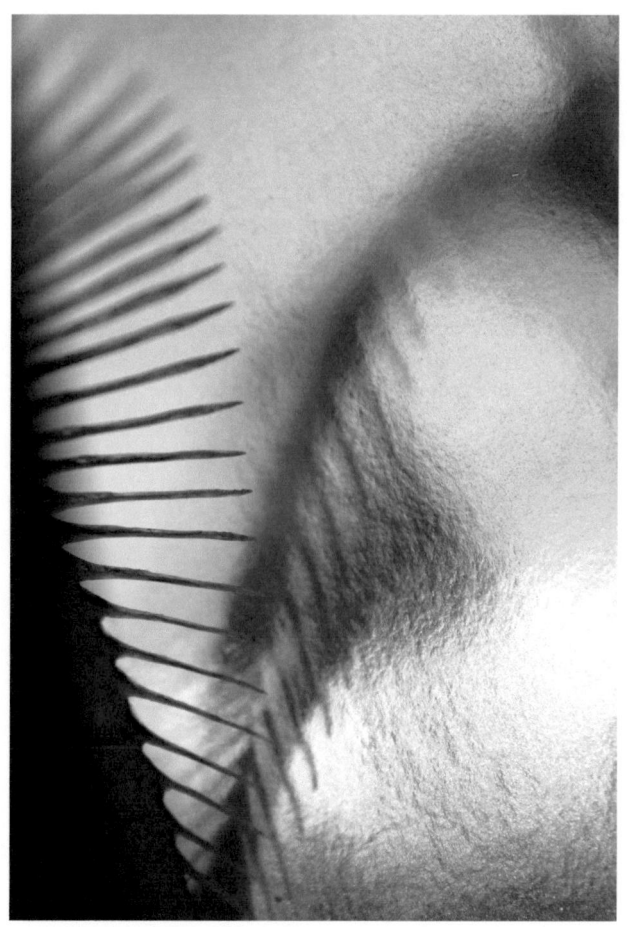

worden! Wenn ich mich vom Dienst freikaufen soll, so kann ich es!« Und dann rasselte er mit einem ganzen Bund kostbarer Petschafte, die an der Uhr hingen, und steckte seine Hand in die dicke goldene Kette, die er um den Hals trug. An allen seinen Fingern blitzten Diamantringe. Und alles war echt. »Nein, ich kann es noch gar nicht fassen!« sagte der gelehrte Mann, »was bedeutet das alles?«

»Ja, etwas Alltägliches ist es nicht.« sagte der Schatten; »aber Sie selbst gehören ja auch nicht zu den Alltagsmenschen, und ich, das wissen Sie ja, bin von Kindesbeinen an in Ihre Fußstapfen getreten. Sobald Sie glaubten, ich wäre reif, allein in die Welt zu gehen, ging ich meinen eigenen Weg. Ich lebe in den allerbrillantesten Verhältnissen, aber es kam so eine Art Sehnsucht über mich, Sie noch einmal zu sehen, ehe Sie sterben, denn Sie müssen ja sterben! Ich wollte auch gerne diese Länder wiederse-

hen, denn man liebt ja das Vaterland doch immer. Ich weiß, Sie haben mittlerweile einen anderen Schatten bekommen. Habe ich ihm oder Ihnen etwas zu bezahlen? Sie brauchen nur die Freundlichkeit haben, es mir zu sagen.«

»Nein, bist Du es wirklich!« sagte der gelehrte Mann, »das ist doch höchst merkwürdig. Niemals hätte ich geglaubt, daß der alte Schatten einem als Mensch wieder begegnen könnte!« »Sagen Sie mir, was ich zu bezahlen habe,« sagte der Schatten. »Ich möchte ungern in jemandes Schuld stehen!« »Wie kannst Du nur so sprechen!« sagte der gelehrte Mann, »von welcher Schuld sprichst Du? Sei so frei wie nur irgend jemand. Ich freue mich außerordentlich über Dein Glück. Setz Dich, alter Freund, und erzähle mir ein bißchen davon, wie das zugegangen ist, und was Du im Haus gegenüber gesehen hast, dort in den warmen Ländern!«

»Ja, das will ich Ihnen erzählen,« sagte der Schatten und setzte sich nieder; »aber dann müssen Sie mir auch versprechen, daß Sie nie jemandem hier in der Stadt, wo Sie mich auch treffen mögen, erzählen werden, daß ich Ihr Schatten gewesen bin. Ich habe nämlich die Absicht, mich zu verloben; ich kann mehr als eine Familie ernähren!«

»Sei ganz ruhig,« sagte der gelehrte Mann, »ich werde niemand sagen, wer Du eigentlich bist. Hier ist meine Hand darauf. Ich verspreche es Dir und ein Mann, ein Wort.« »Ein Wort, ein Schatten« sagte der Schatten, und dann mußte er erzählen.

Es war übrigens wirklich merkwürdig, wie sehr er Mensch geworden war. Ganz schwarz war er gekleidet, und zwar in das feinste schwarze Tuch; er hatte Lackstiefel und einen Zylinder, den man zusammenklappen konnte, bis er nur noch Deckel

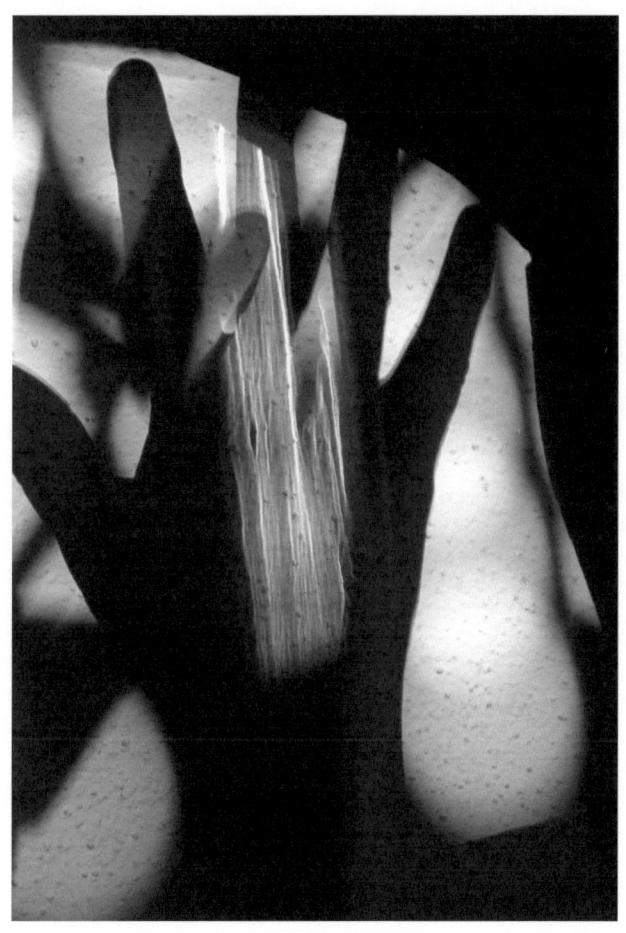

und Krempe war, gar nicht davon zu sprechen, von den Petschaften, der goldenen Halskette und den Diamantringen. Ja, der Schatten war außerordentlich gut gekleidet, und gerade das war es ja, was ihn vollkommen zum Menschen machte.

»Nun will ich erzählen!« sagte der Schatten, und dann setzte er seine Beine mit den lackierten Stiefeln, so fest er konnte, auf den Arm des neuen Schattens des gelehrten Mannes, der wie ein Pudel zu seinen Füßen lag. Das war nun entweder Hochmut von ihm, oder auch wollte er vielleicht, daß er an seinem Bein hängen bliebe. Und der liegende Schatten verhielt sich ganz still und ruhig, um gut zuhören zu können, denn er wollte zu gerne wissen, wie man loskommen und zu seinem eigenen Herrn werden könne.

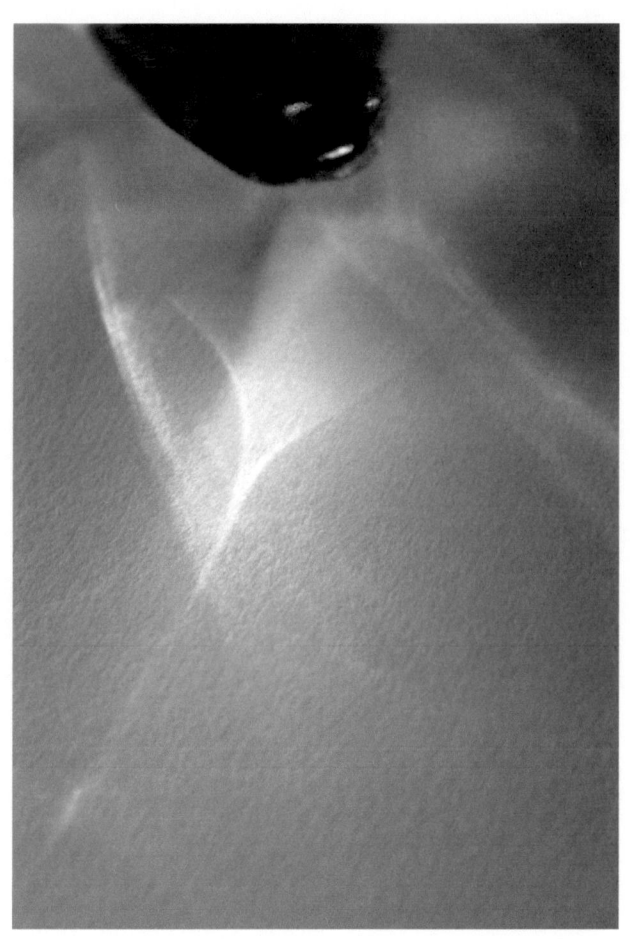

»Wissen Sie, wer in dem Hause gegenüber wohnte?« sagte der Schatten; »es war die Schönste von allem: die Poesie!

Ich war dort drei Wochen, und es wirkte auf mich, als hätte ich dreitausend Jahre gelebt und alles gelesen, was je gedichtet und geschrieben wurde. Das sage ich, und zwar mit Recht: Ich habe alles gesehen und weiß alles.« »Die Poesie,« rief der gelehrte Mann. »Ja, ja – sie lebt wie eine Einsiedlerin in den großen Städten. Die Poesie. Ja, ich habe sie nur einen kurzen Augenblick lang gesehen, aber der Schlaf saß mir in den Augen. Sie stand auf dem Altan und leuchtete wie das Nordlicht! Erzähle, erzähle! Du warst also auf dem Altan, gingst durch die Tür und dann – ?«

»Dann war ich im Vorraum«, sagte der Schatten. »Sie haben immer nur gesessen und zum Vorgemach hinübergesehen. Dort war keine Beleuch-

tung, es war eine Art Dämmerlicht. Aber eine Tür nach der andern stand offen, durch eine lange Reihe von hell erleuchteten Zimmern und Sälen. Ich wurde fast erschlagen von dem Licht, als ich schließlich zu der Frau hineinkam. Aber ich war besonnen, ich nahm mir Zeit und das muß man tun.«

»Und was sahst Du?« fragte der gelehrte Mann. »Ich sah alles, und ich werde es Ihnen erzählen, aber – es ist kein Stolz von meiner Seite, jedoch als freier Mann und mit den Kenntnissen, wie ich sie habe, von meiner guten Stellung und meinen vortrefflichen Lebensumständen nicht zu sprechen, – ich würde gerne hören, wenn Sie mich mit ›Sie‹ anredeten!«

»Entschuldigen Sie!« sagte der gelehrte Mann, »das ist eine alte Gewohnheit, die noch festsitzt! Sie haben vollkommen recht, und ich werde daran denken. Aber nun erzählen Sie mir alles, was Sie sahen.«

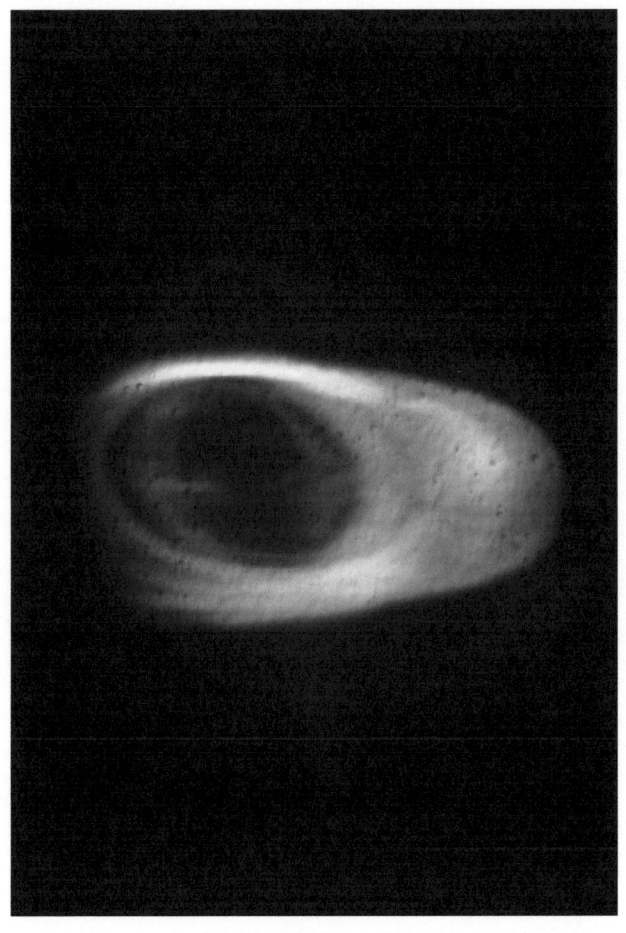

»Alles« sagte der Schatten; »denn ich sah alles, und ich weiß alles!« »Wie sah es in dem innersten Saal aus?« fragte der gelehrte Mann. »War es wie in einem frischen Wald? War es wie in einer heiligen Kirche? Waren die Säle wie der sternenklare Himmel, wenn man auf einem hohen Berg steht?« »Alles war da!« sagte der Schatten. »Ich ging ja nicht ganz hinein, ich blieb in dem vordersten Zimmer im Dämmerlicht.

Aber dort stand ich durchaus gut, ich sah alles und weiß alles! Ich war am Hofe der Poesie im Vorzimmer.«

»Aber was sahen Sie? Schritten durch die großen Säle alle Götter der Vorzeit? Kämpften dort die alten Helden, spielten dort süße Kinder und erzählten ihre Träume?« »Ich sage Ihnen, ich war dort,

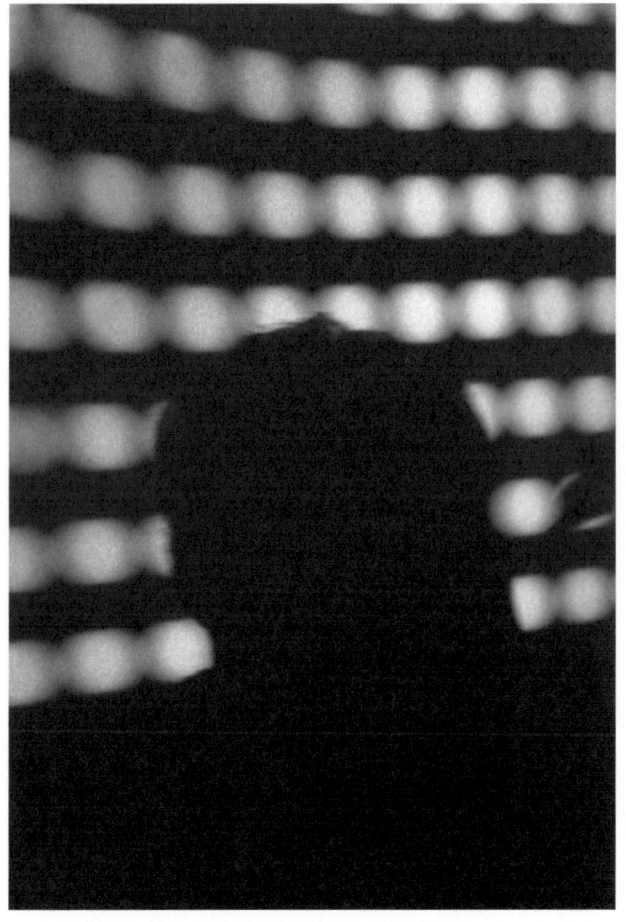

und Sie begreifen, daß ich alles sah, was dort zu sehen war! Wären Sie hinüber gekommen, so wären Sie nicht Mensch geblieben, ich aber wurde es! Und zugleich lernte ich meine innerste Natur kennen, das mir Angeborene, und meine Verwandtschaft mit der Poesie. Ja, damals, als ich noch bei Ihnen war, dachte ich nicht darüber nach. Aber, Sie wissen es wohl, immer, wenn die Sonne aufging und unterging, wurde ich so seltsam groß.

Im Mondschein war ich fast deutlicher zu sehen als Sie selbst. Damals verstand ich meine eigene Natur nicht, erst im Vorgemach ging sie vor mir auf. Ich wurde ein Mensch! –

Voller Mut kam ich heraus, aber Sie waren nicht mehr in den warmen Ländern. Ich schämte mich, als Mensch so zu gehen, wie ich ging. Ich brauchte Stiefel, Kleider, all diesen Menschenfirnis, der den

Menschen zu einem solchen macht. Ich verbarg mich, ja, Ihnen kann ich es ja sagen, Sie werden mich ja nicht in einem Buche bloßstellen, ich verbarg mich unter der Schürze einer Kuchenfrau. Die Frau ahnte ja nicht, wem sie Schutz gewährte. Erst am Abend kam ich hervor.

Ich lief im Mondschein durch die Straßen, ich reckte mich lang gegen die Mauer, das kitzelte so herrlich am Rücken! Ich lief hinauf und herunter, sah in die höchsten Fenster hinein, in die Säle und auf die Dächer. Ich sah dahin, wohin niemand sonst sehen konnte, und ich sah, was niemand sah und was niemand sehen sollte. Es ist im Grunde eine nichtswürdige Welt. Ich würde nicht Mensch sein wollen, wenn die Annahme nicht feststände, daß es etwas bedeutet, einer zu sein.

Ich sah das Allerundenkbarste bei Frauen, bei Män-

nern, bei Eltern und auch bei den süßen, unschuldigen Kindern; – ich sah,« sagte der Schatten, »was kein Mensch wissen durfte, aber was alle so gern wissen möchten – das Böse beim Nachbarn.«

»Wenn ich eine Zeitung geschrieben hätte, die wäre gelesen worden! Aber ich schrieb gleich an die Leute selbst, die es anging, und es herrschte Entsetzen in allen Städten, in die ich kam. Sie fürchteten mich und deshalb achteten sie mich. Professoren machten mich zum Professor, Schneider nähten mir neue Kleider – ich bin wirklich gut versorgt! Der Münzmeister schlug Münzen für mich, und die Frauen sagten, ich wäre so schön. So wurde ich der Mann, der ich bin. Und damit sage ich Ihnen Lebewohl; hier ist meine Karte, ich wohne auf der Sonnenseite, und bei Regenwetter bin ich stets zuhause.« Und dann ging der Schatten.

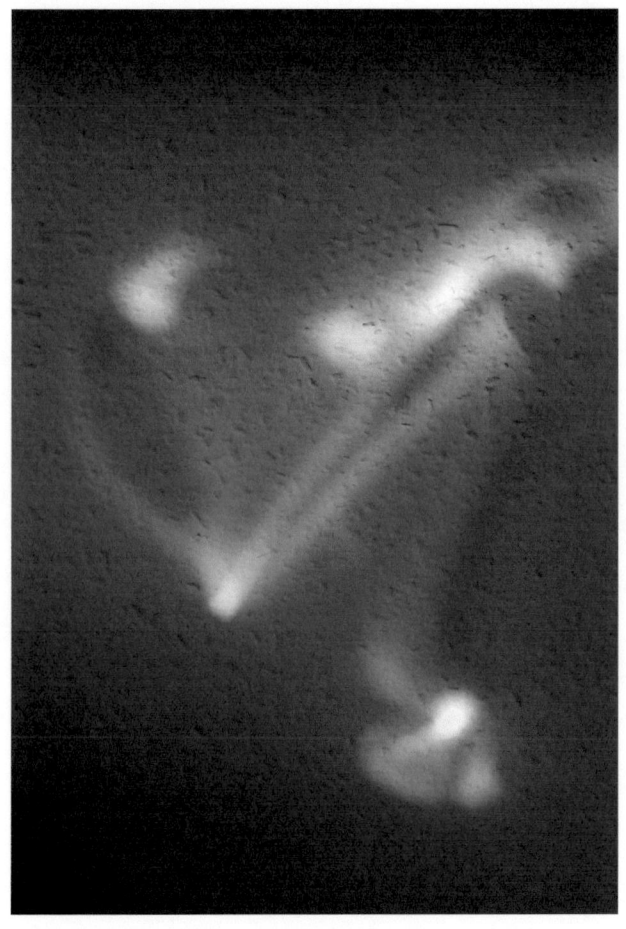

»Das war doch merkwürdig!« sagte der gelehrte Mann. Jahr und Tag verging, da kam der Schatten wieder. »Wie gehts?« fragte er. »Ach,« sagte der gelehrte Mann, »ich schreibe über das Wahre und das Gute und das Schöne; aber kein Mensch macht sich etwas daraus. Ich bin ganz verzweifelt, denn ich nehme mir das so zu Herzen.«

»Das tue ich nie,« sagte der Schatten, »ich werde fett, und danach soll man streben! Ja, Sie verstehen sich nicht auf die Welt, und Sie werden dabei krank. Sie müßten reisen! Ich mache im Sommer eine Reise; wollen Sie mitkommen? Ich hätte gerne einen Reisebegleiter. Wollen Sie als mein Schatten mitreisen? Es wäre mir ein großes Vergnügen, Sie mitzunehmen, ich bezahle die Reise.«

»Das geht doch wohl zu weit,« sagte der gelehrte Mann. »Ganz wie man es nimmt!« sagte der Schat-

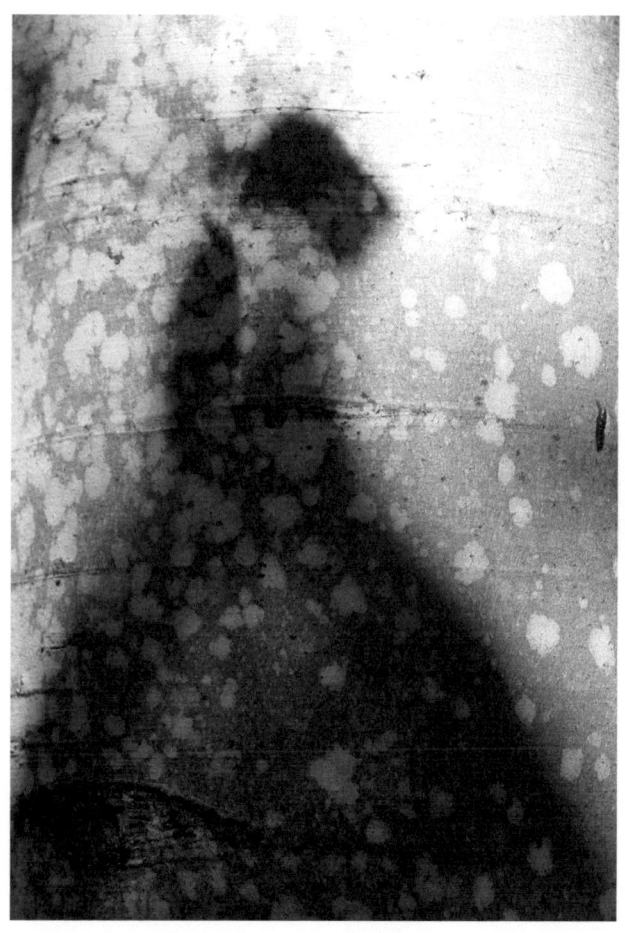

ten. »Es würde Ihnen außerordentlich gut tun zu reisen. Wenn Sie mein Schatten sein wollen, sollen Sie alles auf der Reise frei haben.«

»Das ist zu toll,« sagte der gelehrte Mann. »Aber so geht es in der Welt,« sagte der Schatten, »und so wird es bleiben.« Und dann ging der Schatten. Dem gelehrten Manne ging es gar nicht gut. Sorgen verfolgten ihn, und was er über das Wahre und das Gute und das Schöne sprach, war für die meisten wie Rosen für eine Kuh! Er wurde ganz krank zuletzt.

»Sie sehen wirklich wie ein Schatten aus,« sagten die Leute zu ihm, und es schauderte den gelehrten Mann bei diesem Gedanken.» »Sie sollten in ein Bad fahren,« sagte der Schatten, der ihn besuchen kam. »Es hilft nichts anderes. Ich will Sie mitnehmen, weil wir alte Bekannte sind; ich bezahle die

Reise und Sie machen eine Beschreibung darüber und versuchen, mich zu unterhalten. Ich will in ein Bad; mein Bart wächst nicht so, wie er soll. Das ist auch eine Krankheit, denn einen Bart muß man haben. Seien Sie vernünftig und nehmen Sie mein Angebot an. Wir reisen ja als Kameraden.«

So reisten sie also; der Schatten war der Herr und der Herr war der Schatten. Sie fuhren miteinander, sie ritten und gingen zusammen, Seite an Seite, vor- und hintereinander, wie eben die Sonne stand.

Der Schatten verstand es, sich stets an der Herrenseite zu halten. Darüber dachte nun der gelehrte Mann nicht weiter nach; er hatte ein recht gutes Herz und war sanft und freundlich, und daher sagte er auch eines Tages zum Schatten: »Da wir doch nun einmal Reisekameraden geworden und von Kindheit an zusammen aufgewachsen sind, sollten

wir da nicht Brüderschaft trinken? Das wäre doch vertraulicher!« »Sie haben da etwas gesagt!« sagte der Schatten, der ja nun der eigentliche Herr war, »was sehr geradezu und wohl auch gutgemeint war; ich will ebenso geradeaus und wohlmeinend sein. Sie als gelehrter Mann wissen sicher, wie seltsam die Natur mitunter ist. Manche Menschen können es nicht vertragen, rauhes Papier zu berühren, sonst wird ihnen schlecht, anderen geht es durch und durch, wenn man einen Nagel gegen eine Glasscheibe kratzen läßt.

Ich habe eben so ein Gefühl, wenn Sie ›Du‹ zu mir sagen. Ich fühle mich geradezu zu Boden und in meine frühere Stellung bei Ihnen zurückgedrückt. Sie sehen, das ist eine reine Gefühlssache, kein Stolz; ich kann es nicht zulassen, daß Sie ›Du‹ zu mir sagen, aber ich will gerne zu Ihnen ›Du‹ sagen, dann habe ich Ihnen wenigstens den halben Gefallen ge-

tan.« Seitdem sagte der Schatten ›Du‹ zu seinem früheren Herrn. »Das ist doch wohl zu toll,« dachte der, »daß ich ›Sie‹ sagen muß, und er sagt ›Du‹.« Doch das mußte er nun aushalten.

So kamen sie in ein Bad, wo viele Fremde waren und unter ihnen eine wunderschöne Königstochter, die an der Krankheit litt, daß sie allzu gut sah, und das war wohl etwas Beängstigendes.

Sofort merkte sie, daß der, der da eben angekommen war, eine ganz andere Person als alle anderen war. »Er ist hier, um sich einen Bart wachsen zu lassen, sagt man, aber ich sehe die wahre Ursache: er kann keinen Schatten werfen.« Sie war neugierig geworden und fing sogleich auf der Promenade ein Gespräch mit dem fremden Herrn an. Als Königstochter hatte sie es nicht nötig, besondere Umstände zu machen, und so sagte sie: »Ihre Krank-

heit besteht darin, daß Sie keinen Schatten werfen können!« »Eure königliche Hoheit müssen sich sehr auf dem Wege der Besserung befinden!« sagte der Schatten; »ich weiß, Ihr Übel liegt darin, daß Sie allzu gut sehen, aber das hat sich verloren. Sie sind geheilt; ich habe nämlich einen ganz ungewöhnlichen Schatten! Sehen Sie nicht die Person, die mich immer begleitet? Andere Menschen haben einen gewöhnlichen Schatten, aber ich bin nicht für das Gewöhnliche.

Man gibt seinem Diener zuweilen feineres Zeug, als man selbst trägt, und in der gleichen Weise habe ich meinen Schatten als Menschen aufputzen lassen! Ja, Sie sehen, daß ich ihm sogar einen Schatten gegeben habe. Das ist sehr kostspielig, aber ich liebe es, etwas für mich allein zu haben.«

»Wie?« dachte die Prinzessin, »sollte ich wirklich geheilt sein? Dieses Bad ist allerdings als das beste
dieser Art bekannt! Das Wasser hat ja in unserer
Zeit wunderbare Kräfte.

Aber ich reise noch nicht fort, denn jetzt beginnt es,
hier unterhaltsam zu werden. Der Fremde gefällt
mir außerordentlich. Wenn nur sein Bart nicht
wächst, sonst reist er ab!« Am Abend im großen
Ballsaal tanzte die Königstochter mit dem Schatten.
Sie war leicht, aber er war noch leichter; solchen
Tänzer hatte sie noch nie gehabt. Sie sagte ihm,
aus welchem Lande sie stamme, und er kannte das
Land. Er war dort gewesen, aber damals war sie
nicht daheim.

Er hatte oben und unten in die Fenster geschaut;
er hatte sowohl das eine wie das andere erblickt,
und so konnte er der Königstochter antworten und

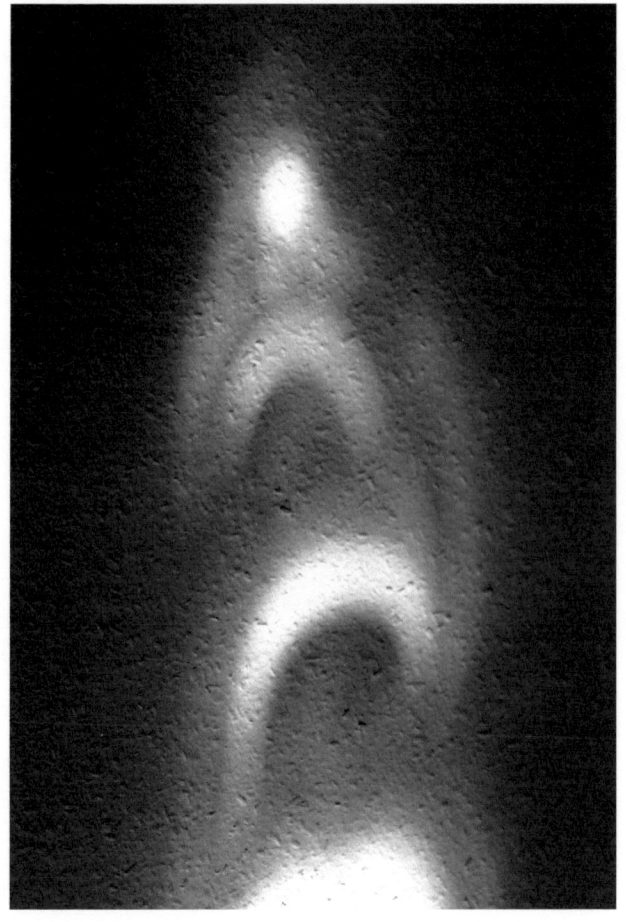

Andeutungen machen, über die sie sich sehr wunderte. Er mußte ja der weiseste Mensch auf der ganzen Erde sein. Sie bekam große Achtung vor seinem Wissen, und als sie wieder zusammen tanzten, verliebte sie sich in ihn.

Der Schatten bemerkte es wohl, denn sie sah ihn so unverwandt an, als wolle sie durch ihn hindurch sehen. Dann tanzten sie noch einmal, und da war sie nahe daran, es ihm zu sagen. Aber sie war besonnen; sie dachte an ihr Land und ihr Reich und an die vielen Menschen, über die sie regieren sollte.

»Ein weiser Mann ist er,« sagte sie bei sich, »das ist gut, und er tanzt herrlich, das ist auch gut, aber ob er auch gründliche Kenntnisse hat, das ist ebenso wichtig. Das muß untersucht werden!« Und dann begann sie ihn ein bißchen über die allerschwie-

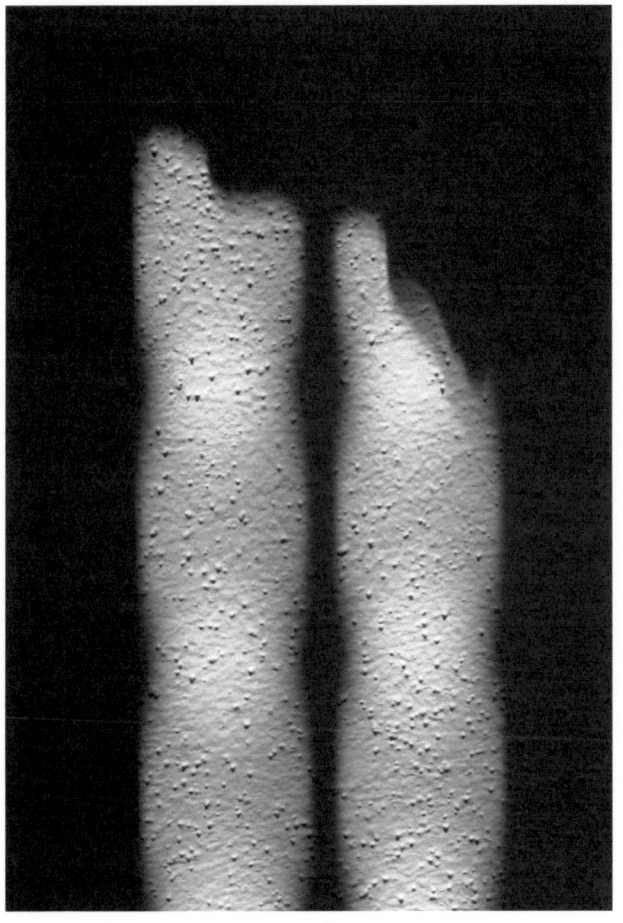

rigsten Sachen auszufragen; sie hätte selbst nicht darauf antworten können. Und der Schatten machte ein ganz sonderbares Gesicht. »Darauf können Sie mir nicht antworten!« sagte die Königstochter. »Das gehört zu meinem Schulwissen,« sagte der Schatten, »ich glaube, daß sogar mein Schatten dort an der Tür darauf wird antworten können!«

»Ihr Schatten,« sagte die Königstochter, »das wäre doch höchst merkwürdig!« »Ja, ich behaupte ja auch nicht bestimmt, daß er es kann,« sagte der Schatten, »aber ich glaube es wohl, denn er ist mir nun so viele Jahre lang gefolgt und hat mir zugehört, – ich glaube es sicher. Aber – Eure Königliche Hoheit gestatten, daß ich darauf aufmerksam mache – er ist so stolz darauf, als Mensch zu gehen, daß, wenn er in richtig guter Laune sein soll, und das muß er sein, um gut zu antworten, er ganz wie ein Mensch behandelt werden muß.«

»Das gefällt mir,« sagte die Königstochter. Sie ging zu dem gelehrten Mann an der Tür, und sie sprach mit ihm über Sonne und Mond und über die Menschen, ihr Äußeres und ihr Inneres, und er antwortete gar gut und klug.

»Was muß das für ein Mann sein, der einen so weisen Schatten hat,« dachte sie, »es wäre eine wahre Wohltat für mein Volk und mein Reich, wenn ich ihn zu meinem Gemahl erwählte. Ich tue es!«

Sie waren sich bald einig, sowohl die Königstochter wie der Schatten; aber niemand sollte darum wissen, bevor sie in ihr eigenes Reich käme. »Niemand, nicht einmal mein Schatten,« sagte der Schatten, und dabei hatte er seine ganz besonderen Gedanken. Dann kamen sie in das Land, wo die Königstochter regierte, wenn sie zuhause war. »Hör, mein guter Freund,« sagte der Schatten zu dem

gelehrten Mann, »nun bin ich so glücklich und mächtig geworden, wie man es nur werden kann; nun will ich auch etwas ganz Besonderes für Dich tun.

Du sollst immer bei mir im Schloß wohnen, mit mir in meinem königlichen Wagen fahren und tausend Reichstaler im Jahr bekommen; aber dann mußt Du Dich von allen Leuten Schatten nennen lassen. Du darfst nicht sagen, daß Du jemals Mensch gewesen bist, und einmal im Jahr, wenn ich im Sonnenschein auf dem Altan sitze und mich dem Volk zeige, mußt Du zu meinen Füßen liegen, wie es sich für einen Schatten gehört. Jetzt kann ich es Dir sagen: Ich werde die Königstochter heiraten. Heute abend soll die Hochzeit sein.«

»Nein, das ist doch allzu toll!« sagte der gelehrte Mann. »Das will ich nicht, und das tue ich nicht. Das

heißt das ganze Land betrügen und die Königstochter dazu! Ich sage alles! Daß ich der Mensch bin
und Du der Schatten, der nur angezogen ist!« »Das
wird Dir keiner glauben!« sagte der Schatten, »sei
vernünftig, oder ich rufe die Wache!« »Ich gehe sofort zur Königstochter!« sagte der gelehrte Mann.

»Aber ich gehe zuerst!« sagte der Schatten, »und
Du gehst ins Gefängnis!« Und das mußte er, denn
die Schildwache gehorchte dem Schatten, von dem
sie wußte, daß die Königstochter ihn zum Mann
nehmen wollte.

»Du zitterst!« sagte die Königstochter, als der Schatten zu ihr hereintrat, »ist etwas geschehen? Du
darfst heute abend nicht krank werden, jetzt, da wir
Hochzeit machen wollen.« »Ich habe das Grausigs-
te erlebt, was man erleben kann!« sagte der Schatten, »denke Dir – ja so ein armes Schattengehirn

kann nicht viel aushalten! Denke Dir, mein Schatten ist verrückt geworden. Er glaubt, er wäre der Mensch und ich – denke Dir nur – ich wäre sein Schatten!« »Das ist ja furchtbar!« sagte die Prinzessin, »er ist doch eingesperrt?«

»Das ist er! Ich fürchte, er wird nie wieder zu Verstand kommen!« »Armer Schatten!« sagte die Prinzessin, »er ist sehr unglücklich. Es wäre eine wahre Wohltat, ihn von dem bißchen Leben zu befreien, das er hat. Wenn ich es recht bedenke, glaube ich, es wird notwendig sein, ihn in aller Stille zu beseitigen!« »Das ist freilich hart!« sagte der Schatten, »denn er war ja ein treuer Diener!« Und dann tat er, als ob er seufzte. »Sie sind ein edler Charakter!« sagte die Königstochter.

Am Abend wurde die ganze Stadt illuminiert, die Kanonen schossen und die Soldaten präsentierten die Gewehre. Das war eine Hochzeit!

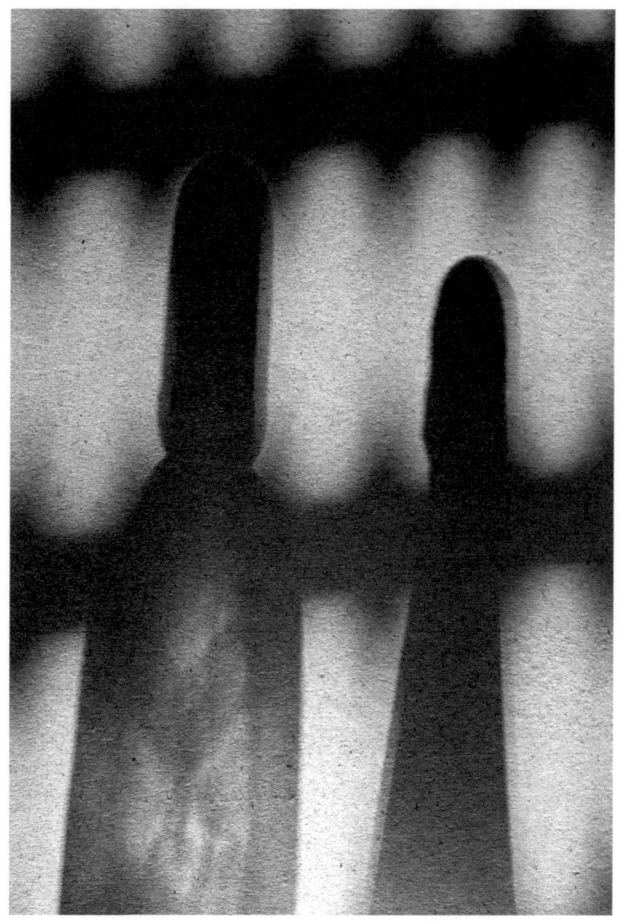

Die Königstochter und der Schatten gingen auf den Altan hinaus, um sich sehen zu lassen. Immer wieder wurden sie mit Hurrarufen empfangen.

Der gelehrte Mann hörte nichts mehr von alledem, denn still und leise hatte man seinem Leben ein Ende gesetzt.

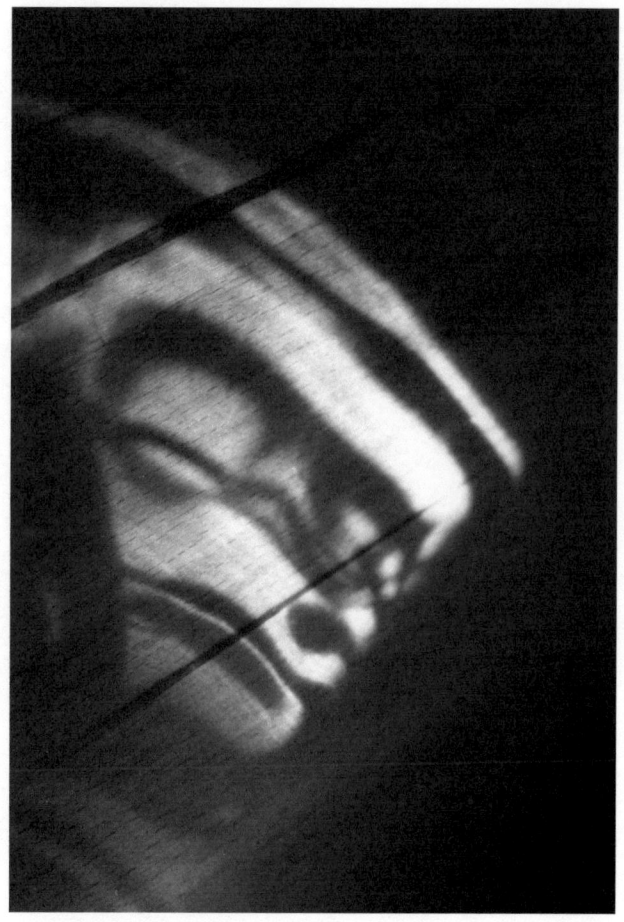

Foto: Thora Hallager (1821-1884)

http://museum.odense.dk/viden-om/hc-andersen/publikationer/jeg-sad-i-dag-for-photographen.aspx

Hans Christian Andersen

Hans Christian Andersen wurde am 2. April 1805 in Odense auf der dänischen Insel Fyn als Sohn des Schuhmachers Hans Andersen (1782–1816) und der Wäscherin Anne Marie Andersdatter (ca. 1775–1833) geboren. Seine Eltern waren alles andere als finanziell gut gestellt. Und wenn kein Geld für Spielzeug da ist, muss die Phantasie mitspielen: der kleine Hans Christian war schon als Kind recht kreativ und baute sich eine eigene Puppenbühne. Außerdem beschäftigte er sich intensiv mit der Kunst des Scherenschnitts. Die Liebe dazu sollte ihn sein ganzes Leben lang begleiten.

Ohne Geld und Sponsor ging die Chance, eine Schule zu besuchen, gleich Null. Andersen war erst 11 Jahre alt, als sein Vater starb. Um den Lebensunterhalt für sich und seine alkoholkranke Mutter zu sichern, arbeitete er zunächst in einer Zigarettenfabrik; mit 14 Jahren ging er nach Kopenhagen und versuchte, als Schauspieler und Sänger am Theater unterzukommen – mit leidlichem Erfolg.

Erst als der Direktor des Königlichen Theater Kopenhagen, Jonas Collin, den jungen Hans Christian unter seine Fittiche nahm, besserte sich die Lage. Er durfte bei Collin und dessen Familie wohnen. 1822 war die Veröffentlichung zweier Bühnenstücke ein erstens schriftstellerisches Ausrufezeichen und Collin brachte ihn – mit finanzieller Förderung durch den dänischen König Friedrich VI. – an die Lateinschule in Slagelsen; bis 1928 finanzierte Seine Majestät auch das Universitätsstudium.

Danach arbeitete Andersen als freier Schriftsteller. Der Gedanke ›Reisen bildet‹ ging wohl auch ihm durch den Kopf, also machte er sich immer wieder auf in die nahe und weite Welt: nach Deutschland, England, Italien, Spanien, ins Osmanische Reich, nach Afrika und Asien führte ihn sein Weg. Seine Reisen brachten nicht nur Freunde, sondern auch wichtige Impulse für sein literarisches Schaffen. Als Hans Christian Andersen 1875 starb, hinterließ er ein umfangreiches, hochgeschätztes Werk, das in mehr als 80 Sprachen übersetzt wurde: mehr als 1000 Gedichte sowie Erzählungen, Romane und Theaterstücke. Und natürlich Märchen: 168 Geschichten für Kinder und Erwachsene sind bekannt, ein sehr frühes Manuskript (›Das Märchen vom Talglicht‹) wurde erst 2012 entdeckt. Und mal ehrlich: wer kennt sie nicht – die kleine Meerjungfrau die noch heute von Kopenhagens Uferpromenade traurig den Blick aufs Meer richtet, die kühle Schneekönigin oder den Kaiser, der sich mit der ultimativen Kleidung ausgestattet glaubt ... Neben heiteren Kindergeschichten gibt es düstere Märchen wie das vorliegende: DER SCHATTEN, der eigene Wege geht, das Böse beim Nachbarn erkundet und für seine Zwecke nutzt.

Der diesem Büchlein zugrunde liegende Text ist der Märchensammlung ›Der Schatten und andere Märchen für Erwachsene‹ entnommen, die 1947 vom Franz Cornelsen Verlag in Berlin veröffentlicht wurde. Maria Reichenauer bearbeitete den Inhalt geringfügig – so manche antiquierte Rede wich einer etwas flüssigeren, zeitgemäßen Formulierung.

**Maria
Reichenauer**

Jahrgang 1955, aufgewachsen in Schwabmünchen bei Augsburg, 1975 bis 1979 Studium Grafikdesign an der Fachhochschule Augsburg, nach diversen Festanstellungen seit 2003 freiberuflich tätig mit Atelier in Schwabmünchen und Kunden vorwiegend aus dem Verlagsbereich. Nach langjähriger Tätigkeit im Printbereich möchte sie nun neben der Arbeit als Grafikerin auch eigene Projekte verwirklichen.

Neben der Grafik-Designerin gibt es die Künstlerin Maria Reichenauer. 2010 präsentierte sie Fotografien zum ersten Mal einem größeren Publikum in Museum und Galerie der Stadt Schwabmünchen. Während sie für ihre Bilderlesebücher auf Reisen in den Norden und Süden alles fotografiert, was ihr vor die Linse kommt, gerne besondere Perspektiven, unerwartete und überraschende Ein- und Durchblicke, so sind es im künstlerischen Bereich stille, fast meditative Bilder: Wasser, Schatten, Licht. Manchmal auch einfach, was übrigbleibt – vom Essen, Trinken und vom Leben.

Die Bilder dieses Bands werden begleitet von einem Märchen des dänischen Erzählers Hans Christian Andersen aus dem Jahr 1847. ›Der Schatten‹ ist keine fröhliche Kindergeschichte, es ist eine düstere Betrachtung über das Spiel zwischen Gut und Böse in der Welt und darüber, wie schwer es oft ist, das Böse rechtzeitig zu erkennen. Dies wird auch dem hoffnungsvollen Protagonisten zum Verhängnis. Als ihm im Süden sein Schatten abhanden kommt, glaubt er noch fest an das Gute in der Welt. Und als er dem zwielichtigen Gesellen nach Jahren wieder begegnet, erkennt er zu spät dessen unlautere Absichten.

Die Bilder sollen den Text nicht 1:1 illustrieren, sondern in erster Linie die Phantasie beflügeln und dazu anregen, die Gedanken schweifen zu lassen. Es sind Assoziationen, Gedankenfetzen, Schatten eben …

.